胡馬依北風

席慕蓉

目
次
————

代序——長路迢遙

九月初，去了一趟花蓮。

出門之前，圓神出版社送來了《時光九篇》和《邊緣光影》新版的初校稿，希望我能在九月中旬出發去蒙古高原之前做完二校，雖然離出版的時間還早，可是我喜歡出版社這樣認真和謹慎的態度，就把這兩本書稿都放進背包裡，準備在火車上先來看第一遍。

從臺北到花蓮，車程有三個鐘頭，不是假日，乘客不多，車廂裡很安靜，真的很適合做功課。所以，車過松山站不久，我就把《時光九篇》厚厚一疊的校樣拿了出來擺在眼前，開始一頁頁地翻讀下去。

《時光九篇》原是爾雅版，初版於一九八七年的一月。其中的詩大多是寫於一九八三到八六年間，與此刻的二〇〇五年相距已經有二十年了。

　　二十年的時光，足夠讓此刻的我成為一個旁觀者，更何況近幾年來我很少翻開這本詩集，所以，如今細細讀來，不由得會生出一種陌生而又新鮮的感覺。

　　火車一直往前進行，窗外的景色不斷往後退去，我時而凝神校對，時而遊目四顧，進度很緩慢。

　　當我校對到〈歷史博物館〉那首詩之時，火車已經行走在東部的海岸上，應該是快到南澳了，窗外一邊是大山，一邊是大海，那氣勢真是懾人心魂。美，確實是讓人分心的，我校對的工作因而進展更加緩慢。

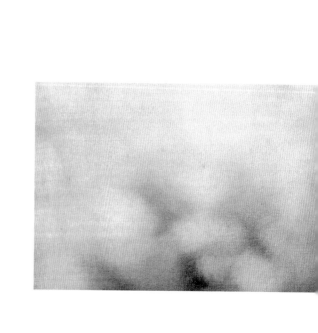

然後，就來到詩中的這一段——

歸路難求　且在月明的夜裡

含淚爲你斟上一杯葡萄美酒

然後再急撥琵琶　催你上馬

知道再相遇又已是一世

那時候　曾經水草豐美的世界

早已進入神話　只剩下

枯萎的紅柳和白楊　萬里黃沙

讀到這裡，忽然感覺到就在此刻，就在眼前，時光是如何在詩裡詩外疊印起來，不禁在心中暗暗驚呼。

　　車窗外，是臺灣最美麗的東海岸，我對美的認識、觀察與描摹是從這裡才有了豐盈的開始的。

　　就在這些大山的深處，有許多細秀清涼的草坡，有許多我曾經採摘過的百合花，曾經認真描繪過的峽谷和溪流，有我的如流星始奔，蠟炬初燃的青春啊！

　　在往後的二十年間，在創作上，無論是繪畫還是詩文都不曾停頓，不過，在我寫出〈歷史博物館〉這首詩的時候，雖已是一九八四年的八月，卻還不識蒙古高原，也未曾見過一叢紅柳，一棵白楊，更別說那萬里的黃沙了。

誰能料想到呢？在又過了二十年之後，重來校對這首詩的我，卻已經在蒙古高原上行走了十幾年了，甚至還往更西去了新疆，往更北去了西伯利亞的東部，見過了多少高山大川，多少水草豐美的世界，更不知出入過多少次的戈壁與大漠！

　　是的，如果此刻有人向我問起紅柳、白楊與黃沙，我心中會爭先恐後地顯現出多少已然枯萎或是正在盛放色澤嫩紅的柔細花穗，多少悲風蕭蕭或是枝繁葉茂在古道邊矗立的白楊樹，以及，在日出月落之間，不斷變幻著光影的萬里又萬里的黃沙啊！

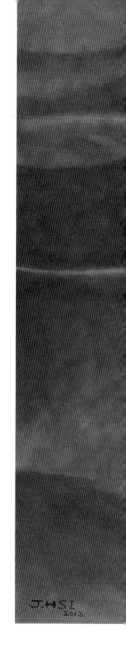

　　我是多麼幸運，在創作的長路上，就像好友陳丹燕所說的「能夠遇見溪流又遇見大海」，在時光中涵泳的生命，能夠與這許多美麗的時刻在一首又一首的詩篇中互相疊印起來。

　　在兩個二十年之後，在一列行駛著的火車車廂之中，我從詩中回望，只覺得前塵如夢，光影雜沓，那些原本是真實生命所留下的深深淺淺的足跡，卻終於成為連自己也難以置信的美麗遭逢了。

（二）

　　當然，在時光中涵泳的生命，也並非僅只是我在眼前所能察覺的一切而已。我相信，關於詩，關於創作，一定還有許多泉源藏在我所無法知曉之處。

　　這十幾年來，我如著迷般地在蒙古高原上行走，在游牧文化中行走，雖然每次並沒有預定的方向，卻常會有驚喜的發現。

　　譬如前幾年，在內蒙古呼和浩特市舉行的首屆「騰格里金杯蒙文詩歌朗誦比賽」決賽現場，全場的聽眾裡，我是那極少數不通母語的來賓之一，可是，卻也和大家一樣跟著詩人的朗誦而情緒起伏，如痴如醉，只因為蒙古文字在詩中化為極精采的音韻之間的交錯與交響，喚起了我心中全部的渴望。

　　原來，我對聲音的追求是從這裡來的！

這麼多年來，雖然在詩裡只能使用單音節的漢字，可是我對那字音與字音之間的跳躍與呼應，以及長句與長句之間的起伏和綿延，總是特別感興趣。在書寫之時，無論是自知或是不自知的選擇，原來竟然都是從血脈裡延伸下來的。

而這個世界，還藏有許多美麗的秘密！

就在這個十月，我身在巴丹吉林沙漠，有如參加一場「感覺」的盛宴，才知道自己從前對「沙漠」的認識還是太少了。

巴丹吉林沙漠在內蒙古阿拉善盟右旗境內，面積有四萬七千平方公里。在這樣廣大的沙漠中，橫亙著一座又一座連綿又高崇的沙山沙嶺，卻也深藏著一百幾十處湛藍的湖泊。有的明明是鹹水湖，湖心卻有湧泉，裸露在湖面上的岩石裡有大大小小的泉眼，從其中噴湧而出的，是純淨甘甜的淡水，湖旁因而有時也叢生著蘆葦。清晨無風之時，那如鏡的湖面，會將沙山上最細微的摺痕也一一顯現，天的顏色是真正的寶石藍，藍

得令人詫異。

　　原來，這在我們從前根深柢固的概念中所認定的一種荒涼與絕望的存在，竟然也可能會有完全不同的面貌，充滿了欣欣向榮的生命。

　　如果不是置身於其中，我如何能夠相信眼前的一切也都屬於沙漠？在沙谷之中隱藏著湖水，在沙坡之上鋪滿了植被，生長著沙蒿、沙米，還有金黃色的圓絨狀的小花，牧民給它起了一個非常具象的名字——「七十顆鈕扣」……

　　這個世界，還藏有多少我們不曾發現又難以置信的美麗？

　　夜裡，星空燦爛，寬闊的銀河橫過中天，仰望之時，彷彿從前背負著的枷鎖紛紛卸落，心中不禁充滿了感激。

　　還需要什麼解釋呢？我在星空下自問。

　　且罷！上蒼既然願意引領我到了這裡，一定有祂的深意。長路何其迢遙！我且將所有的桎梏卸下，將那總是在追索著的腳步放慢，將那時時處於戒慎恐懼的靈魂放鬆，珍惜這當時當刻，好好來領受如此豐厚的恩寵吧。

（三）

　　回到臺北，滿心歡喜地準備迎接一套六冊精裝詩集的完整展現。

　　《時光九篇》書成之後十二年，才有《邊緣光影》的結集，原來都屬爾雅，要謝謝隱地的成全，才得以在今天進入圓神系列。

　　更要謝謝簡志忠的用心，讓我的六本詩集在六年之間陸續以新版精裝的面貌出現。

　　《迷途詩冊》也將從二十五開本改成三十二開本，也算是新版。

這真是我從來不敢奢望的美麗遭逢。

　　要謝謝這兩位好友之外，更要謝謝每一位在創作的長路上帶領我和鼓勵我的朋友，長路雖然迢遙，能與你們同行，是何等的歡喜！何等的幸福！

　　我是極為感激的。

海馬迴

那時候，風依著草浪，微微掀動了先祖們，

土地一般廣袤的記憶……

——摘自陳克華詩〈寫給族人〉二〇〇四·三

詩人的詩句究竟來自何方？竟然洞見那命運最幽微之處。

一九八九年八月下旬出發，長途跋涉之後，終於抵達了此行的第一站，內蒙古錫林郭勒盟南端的草原，也就是我父親的故鄉。

初見原鄉的震撼，於我有如謎題，因此已經書寫過好幾次。此刻再來重述，是因為有幸添了新知，多年的困惑應該算是解開了。

　　那天，我們的吉普車攀爬到海拔大約有一千多公尺的高度時，草原就突然出現在我的眼前，並且無邊無際地鋪展開來。

　　車子向前疾馳，很快我就被草原整個環繞起來了，周圍的圓形大地宛如一片遼闊的海洋，起伏的丘陵像是海面上緩緩的波浪。在這終於抵達的興奮時刻，有一種難以形容的錯愕感卻也同時出現了；我整個人從心魂的最深處到身體最表面的髮根與肌膚都在同時傳過一陣戰慄，彷彿是生命自己正在發出激烈的回響，讓我在行駛的車中只會不斷驚呼：「我好像來過！我來過啊！」

　　是的，明明應該是此生初見，為什麼卻如此熟悉如此親切？眼前的一切似曾相識，那心底的痛楚與甘美，恍如是與魂

牽夢繫的故人重新相遇。

　　爲什麼會有這樣的反應？

　　其實，我的經驗還不止如此。

　　一九八九年的夏天之後，我開始在原鄉各地不斷行走，每每在曠野深處，會遇見那些僥倖沒有受到汙染與毀壞，平日難得一見的美景。在那個時候，我總是萬分貪婪地久久凝視，怎麼也不捨得離開。覺得這些美景就是清澈的泉水，注入我等待已久瀕臨龜裂的靈魂，解我那焦灼的乾渴。

　　爲什麼會有這樣的反應？

　　時光飛逝，在這二十多年的行走中，我給自己找過許多種解釋，當然，都只是以一種猜測的方式。就像我在《寫給海日汗的21封信》這本書中，在〈生命的盛宴〉這封信裡，我就問了一個問題：

有沒有可能，在我們的身體裡，有一處「近乎實質與記憶之間的故鄉」在跟隨著我們存活？

　　這本書出版的時間是二〇一三年九月。沒想到，答案竟然很快就出現了！

　　二〇一四年十月六日，諾貝爾獎委員會公布了這一屆醫學獎，由三位主攻腦神經科學的學者共同獲得，他們因為「發現構成大腦定位系統的細胞」而獲此殊榮。他們分別是早在一九七一年就發現了海馬迴中的位置細胞（Place Cells）的約翰·歐基夫教授。以及曾在一九九五年前往歐基夫教授實驗室裡做過博士後研究的一對夫妻，梅·布瑞特·穆瑟和她的夫婿愛德華·穆瑟，他們兩人在二〇〇五年發現了海馬迴裡的網格細胞（Grid Cells）。

我在此引用臺灣聯合報社在十月七日刊載的新聞資料，編譯馮克芸的綜合報導：「評審委員會說，三位科學家的發現解答了哲學家數百年來的疑惑，讓世人了解哪些特定的細胞共同運作，執行複雜的認知工作，讓我們知道自己置身何處，找到方位，為下一次重回舊地儲存資訊。」

　　答案原來就在這裡！

　　我很早就知道並且記住了「海馬迴」這個名字，因為這三個字又有畫面又飽含詩意。更因為當年那位朋友很慎重地告訴我，它在大腦裡主管記憶。

　　現在又知道了它也掌管空間認知。

　　多年的謎題應該算是解開了。

如果說人類的尾椎骨是演化過程中所留下的痕跡，以此可確認我們是從什麼樣的動物逐漸演化而成的。那麼，在我腦中的這個海馬迴，想必也還留存著那在久遠的時光裡，我的祖先們世代累積著的空間記憶。這些記憶如此古老，卻又如此堅持，因而使得我在一九八九年的那個夏天不得不面對了一場認知的震撼。

　　第一次置身於草原之上，於我當然是初見原鄉，可是，大腦深處的海馬迴卻堅持這是生命本身的重臨舊地。

　　在這裡，我不是要附會什麼「前世今生」的說法，此時此刻，我沒有這種感悟。我的重點，反而是慶幸終於找到了在生理學上可以支持的證據，證明我們一直錯認了「鄉愁」。

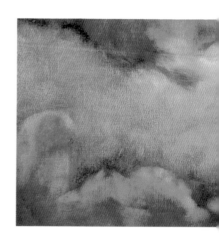

是的，我們總以為鄉愁只是一種情緒，一種心理上的感性反應，其實不然。如今，終於有科學研究可以證明，或許，它與生理上的結構牽連更深。

　　果然，我是參與了一場連自己也不知曉的實驗。作為實驗品，我的入選資格，只是因為我的命運。一個自小出生在外地的蒙古人，遠離族群，要到了大半生的歲月都已過去之後，才得到了來一探原鄉的機會。這實驗本身沒有什麼嚴格的規範，就像一粒小石子，被隨意丟進大海裡那樣，在浮沉之間，完全是憑著自己的身體髮膚上直覺的反應，憑著心魂裡那沒有料到的堅持，憑著自我不斷地反省與詰問，竟然讓我感知到了一些線索，讓這一場長期的實驗終於有了意義。

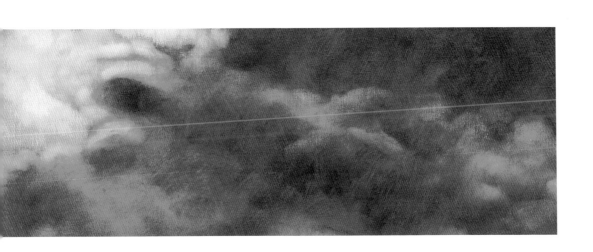

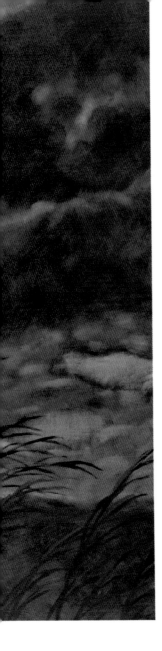

　　當然，若是沒有科學家的加持，一切仍然只能是個人的「臆測」而已。

　　多麼感謝這三位學者以及他們背後的研究團隊所付出的努力，讓我的臆測成真。原來，在我們的身體裡面，真的有一處「近乎實質與記憶之間的故鄉」在跟隨著我們存活。

　　這生命深處的奧秘，如此古老，如此堅定，如此溫暖，如此美好。

　　而超乎這一切之上，已經有詩句在遠遠地等待著我了。一九八九年的那個夏天，當我第一次站在父親的草原中央，「那時候，風依著草浪，微微掀動了先祖們，土地一般廣袤的記憶……」

輾轉的陳述

一九九二年五月下旬，蒙藏委員會在臺北的政治大學校區，舉行了一場「蒙古文化國際學術研討會」。在會中，哈勘楚倫教授以〈蒙古馬與馬文化〉為題，發表了一篇論文。

在談到蒙古馬特別強烈的方向感，以及眷戀故土的優異性向之時，他舉了一個真實的例子，讓我非常感動，會後不久就寫了一篇散文〈胡馬依北風〉。四年之後，又在一篇範圍比較大的散文裡加進了這匹馬的故事作為其中的一段。

現在，我想摘錄上面兩篇散文裡的不同段落，重新組合成我今天要敘述的「前篇」：

這則真「馬」真事，發生在六〇年代中期的蒙古國（那時還叫做「蒙古人民共和國」）。當時的政府送了幾匹馬給南方的友邦越南政府作為禮物。

這幾匹馬是用專人專車護送到了目的地。可是，第二天早上，發現其中的一匹騸馬不見了，在附近搜尋了一陣也毫無所獲，只好向上級報告。幸好贈禮儀式已經舉行完畢，也就沒有再深加追究了。

半年之後，一匹又瘦又髒，蹄子上還帶著許多舊傷新痕的野馬，來到了烏蘭巴托城郊之外的牧場上。牧場主人一早起來，就看到了牠在遠遠的草地上站著，心想這到底是誰家走失了的馬，在那裡踟躕流連……

想不到，靠近了之後，才發現這匹馬竟然在對著他流淚，大滴大滴的熱淚不斷滾落下來。雖然是又瘦又髒，不過，一個蒙古牧人是絕對會認出自己的馬來的。

驚詫激動的主人，在想明白了之後，更是忍不住抱著牠放聲大哭了。

　　想一想，這是多麼令人心疼的馬兒啊！

　　想一想，牠要走過多遠的路？要經過多少道關卡？不但要渡過長江，渡過黃河，還有那大大小小許多數不清的河道支流；不但要翻越一座又一座的高山峻嶺，還要在連綿起伏的丘陵間辨識方向；不但要經過江南阡陌縱橫的水田，還要獨自跋涉荒寒的戈壁；還有，最最不可思議的是，牠要如何躲過人類的好奇與貪欲？

　　在牠經過的這條不知有幾千幾萬里的長路上，難道從來沒遇到過任何的村鎮和城市？難道從來沒有人攔阻或是捕捉過牠嗎？

　　不可思議！牠是怎麼走回來的？半年的時間裡，在這條長路上，這匹馬受過多少磨難？牠是怎麼堅持下來的？

驚喜稍定，主人開始大宴賓客，向眾人展示這剛從天涯歸來的遊子。並且鄭重宣布，從此以後，這匹馬永遠不會離開家園，離開主人的身邊，再也不須工作，任何人都不可以騎乘牠，更不可讓牠受一丁點兒的委曲。

　　據說，這匹馬又活了許多年，才在家鄉的草原上老病而逝，想牠的靈魂一定能夠快樂地安息了吧。

　　故事到了這裡，算是有了個完美的結局。可是，不知道為什麼，我反而會常常想起另外的那幾匹留在越南的馬兒來。會後，我再去追問了哈勘楚倫教授，到底是什麼在引導著蒙古馬往家鄉的方向走去？他回答我說：

　　「我也不知道。不過，我總覺得應該是一種北方的氣息從風裡帶過來的吧？」

　　也許是這樣。

　　就像古詩裡的「胡馬依北風，越鳥巢南枝。」每個生命，

都有他不同的選擇與不同的嚮往，有連他自己也無從解釋和抗拒的鄉愁。

因此，我就會常常想起那幾匹羈留在越南的蒙古馬來，當牠們年復一年在冬季迎著北風尋索著一種模糊的訊息時，心裡會有怎樣的悵惘和悲傷呢？

以上是我的「前篇」，從一九九二與一九九六兩個年分裡的兩篇散文摘錄而成的。

是的，時間已經過去很多年了，我從小喚他叔叔，向他問過很多問題的哈勘楚倫教授也已經逝去。可是，二十多年前的那一天，他用「風中帶來的氣息」作為回答時那微帶歉意的笑容好像還在我眼前。

是的，生命的奧秘是難以解釋的。我想，他心中真正的回答應該就是這個意思吧？

今天的我，要寫的「後續」，也並非找到了答案，我只是在陳述事實而已。

　　我是從一九九三年夏天就認識了恩和教授的，他是內蒙古大學蒙古學學院的教授，這兩年，我常常有機會向他請益。

　　去年（二○一四）秋天，我去呼和浩特的內蒙古博物院演講，然後和兩位朋友一起去拜訪他。他給我們講述游牧文化的歷史以及他在草原生活裡的親身感受，我們三個聽得都入迷了。

　　在這之間，他也談及蒙古馬的特殊稟賦，還舉了一個例子，他說：

　　我是從一本書裡讀到的。一九九八年出版的《蒙古的遊牧人》，作者是特木爾扎布先生，他是蒙古國的畜牧學家，也是科學院的院士。

在這本書裡，他引用了蒙古國一位頗負盛名，有著「人民畫家」封號的藝術家，貢布蘇榮先生的回憶錄中的一段。

貢布蘇榮在一九七一年，曾經應邀去越南參加了一次會議。那個時代，在共產國家裡，常有為社會主義陣營的藝術家召開的例會，每次輪流在一個不同的國家舉行，那年是在越南。

在會議之前，主辦單位邀請各國的代表先去一處海港城市散心。在這個城市的郊區，藝術家們隨意徜徉在空曠的草地上，有的就聚在一起閒聊，好增進彼此的認識。

遠遠看見一匹白馬在吃草，貢布蘇榮也沒特別在意。

他和幾位藝術家聚成一個小群體，其中有從俄羅斯來的，由於通俄語的緣故，聊得還很熱鬧。

但是，聊著聊著，有人就注意到了，那匹白馬忽然直直地朝向他們這群人走來，而且，目標似乎是對著貢布蘇榮。

再近前一些的時候，貢布蘇榮也看清楚了，這是一匹蒙古馬。毛色雖說是白，卻已髒汙，失去了光亮，馬身可說是骨瘦如柴。

這樣的一匹馬正對著他落淚。

儘管已經有人過來攔阻，白馬還是努力邁步往前，想要靠近貢布蘇榮。畫家那天穿著一身筆挺的西服，打著領帶，是以鄭重的心情來參與盛會的。可是，這匹馬好像也是下定了決心，非要來見貢布蘇榮不可。牠的力氣超乎尋常，眾人幾次攔阻都擋不住，終於給牠走到貢布蘇榮面前的時候，白馬的眼淚和鼻涕都沾到畫家的衣服上了。

不過，這時候的貢布蘇榮完全沒有在意，他的心中只有滿滿的疼惜，對眼前這匹傷心涕泣的蒙古馬，除了撫摸和輕拍牠的頸背，不知道要怎麼安慰牠才好。

「你是怎麼把我認出來的？你怎麼知道，我是從蒙古來的

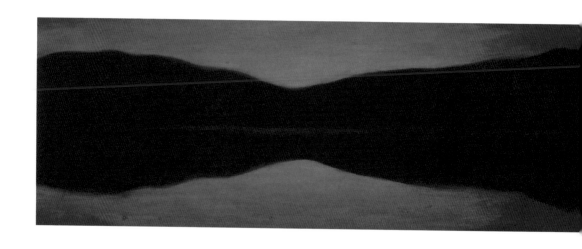

人呢？」

　　一九九五年，二十四年之後，貢布蘇榮在提筆寫這一段回憶之時，也是流著熱淚追想的。

　　是多麼令人疼惜的一匹好馬啊！

　　那天，恩和教授關於這個例子的講述就到此為止。我急著向他說出多年前哈勘楚倫教授舉出的那一個例子，不過，他告訴我，在上世紀六○年代裡，蒙古支援共產主義的越南，「贈馬」這樣的行動，應該有過好幾次。

　　所以，我並不能知道，這匹白馬，是否就是哈勘楚倫教授所說的那幾匹馬中的一匹。可是，牠的出現，卻可以讓我們明白，當年所有被送到越南，從此羈留在異鄉的每一匹蒙古馬兒的心情。

　　從牠身上，我們可以看見，一匹蒙古馬的大腦裡，藏著多麼深厚的感情與記憶，能把貢布蘇榮從人群之中辨認出來。

　　而這匹白馬如此奮力地向貢布蘇榮靠近，是希望這個從故鄉來的人，或許能帶自己回家嗎？

　　貢布蘇榮心中的疼痛與歉疚，想是因為他已完全明白了這

匹馬的悲傷與冀望。可是，在當時的環境裡，他是怎麼也不可能把這匹馬帶回蒙古家鄉的。

所以，這種疼痛與歉疚始終沉在心底，使他在多年之後也不得不拿起筆來寫下這一次的相遇。是的，他沒能把白馬帶回來，可是，他還是可以把這一匹以及其他許多匹流落在異鄉的蒙古馬的悲傷，傳回到牠們的故鄉。

從六〇年代中期到今天，已是整整的五十年了，無論是那匹回到家的馬，還是那些回不了家的，都早已不在人間。可是，在蒙古高原上，牠們的故事還一直在被眾人輾轉陳述，我想，轉述者的動機應該只有一種吧，那就是對如此高貴和勇敢的生命懷著極深的疼惜。

此刻，我也以同樣的心情和手中的這支筆，進入了這輾轉陳述者的行列，成為其中的一人了。

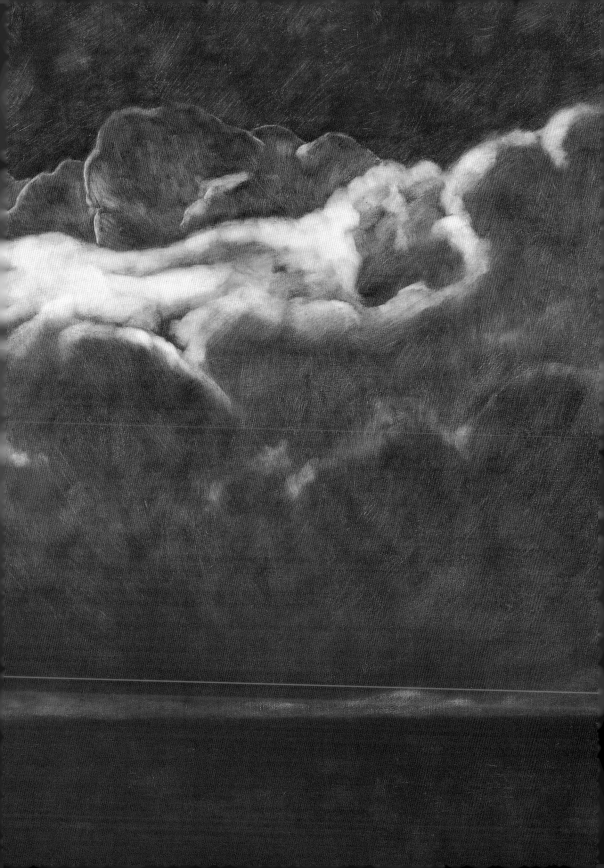

記憶或將留存

　　馬的馴化，是在新石器時代晚期，所以，此時的岩畫裡，馬是無處不在的。感謝這些卓越又眞摯的初民，他們是以詩以畫來作爲一個記錄者，爲自己、爲族群，也爲後來的人，將記憶愼重保存。

　　游牧文化最早的線索都深藏其中，有幾幅出獵圖的繁複和生猛眞的是嘆爲觀止啊！

　　當然，在生物演化史上，馬來得比人類早得多了。聽說，最早的馬體形極小，學者稱牠爲始祖馬（Hyracotherium），出現在大約是五千六百萬年之前的始新世早期。又有個好聽的名字叫朝馬（Dawn Horse），是黎明時分的象徵嗎？這樣的名字幾乎可以拿來寫一首詩了。

然後是漸新馬（Mesohippus）、草原古馬（Merychippus）、上新馬（Pliohippus）等等。經過這些主要的演化階段之後，才逐漸發展為此刻的真馬（Equus）。

　　不過，學者又說，「發展」這個詞語容易引起誤會，以為馬的演化是越來越擴大的狀況，其實剛剛相反，馬的演化是難以了解的趨向凋零。曾經有過枝繁葉茂的美好時期，最鼎盛之時，曾經多達十三個屬的蓬勃多樣，如今卻都消失到只剩下真馬這孤單的一個屬了。

　　所以，我們現在是這樣把牠歸類的，牠是在哺乳動物綱，奇蹄目之下的真馬屬。這裡面包括了普氏野馬、非洲野驢、亞洲野驢、山斑馬、平原斑馬和細紋斑馬等六個野生種，另外還有兩種家養類型，就是家馬和家驢。

　　而我們的蒙古馬就是由普氏野馬（其實原本就是準噶爾盆地上的蒙古野馬）傳延下來的。雖說已經馴化成為家馬，蒙古

的牧馬人卻依舊在平日任由牠們在山野之間群居，主要是尊重並且希望能保持牠們的野性。這樣首先是馬的家庭制度不受影響，而且能繼續維護牠們自身對優生學的堅持。

馬是智慧極高的生物，在自己的家族裡堅持近親絕不通婚的原則。馬的情感也極為豐沛，即使長大後離開原生家庭，卻終生都戀念並且記掛著自己的父母和兄弟姊妹，同時對於照顧自己成長的主人也有著很深的感情。當然，牠並非天生就會聽命於人類，這馴化的過程是複雜而且緩慢的。大體上來說，馴化的工作從新石器時代的後期就已經開始，到了此刻，即使已經成為家馬，馬群中還是可能有從來沒被主人騎過的生馬，性格偏向半野生狀態，不容人類輕易靠近，所以，只有特別高明的騎手才能勝任。在內蒙古，一般稱這些馬匹為「生格子馬」，要馴服牠是漸進的「感化」過程，通常需要至少一個月左右的時間。這感化，是真正的以愛與關懷的感情化育。除了

剛開始是不得不用強制性的手段之外，牧馬人從來不用鞭子加諸馬身，而是以尊重甚至讚嘆牠的不屈的野性讓這匹駿馬不覺得是受到凌辱，並且終於了解主人想要與牠接近的心意。

是的，馬的智慧足以讓牠明白自身的價值。而在蒙古草原上長大的牧馬人，他馴服一匹馬的本意也絕非只是想要以暴力來駕馭一個終生只好任他驅使的工具和奴隸。不是這樣的。一個蒙古牧馬人，他真正想求得的是一位可以信任的工作伙伴，一個可以一起往前路馳騁的朋友和知已，甚至最後情同最親的家人。

在蒙古高原上，一匹馬和一個蒙古人之間生死以之的美好情緣是說也說不完的。無論這匹馬是戰馬而牠的主人是身經百戰的英雄，或者這匹馬是老馬而牠的主人只是一個卑微的醉漢。在長篇的史詩或者短短的民間故事集裡，在如海洋般匯集的長調或者歌謠裡，這些珍貴的記憶都被反覆書寫、吟誦以及

高歌，然後再成爲一代又一代綿延下去的無可取代的文化素材……

二〇一三年十二月八日的下午，在臺北熱鬧的市中心，我曾經心無二用地靜靜聆聽一位新疆的錫伯族學者解說在兩百多年之前（一七六四年）被清廷從東部科爾沁蒙古的原居地抽調到新疆去戍邊的錫伯族人長途跋涉的經過。其間，我忍不住問了一個問題：「一個民族的記憶要如何傳遞下去？」

他的回答出乎我意料的極美。

他說：「所有的歌謠裡都有記憶。」

現在，在這篇文字的最後，我想轉述一位蒙古女子珍存了半生的一段記憶。或許多年之後會有人將它寫成一首詩，再有人將它譜成一曲歌謠。不過在此刻，這段記憶只在她流下的淚水中顯現……

那天是二〇一八年九月九日的下午，在呼和浩特市郊一場

熱鬧的聚會裡。是朋友好心，知道我正在寫一本關於蒙古馬的書，渴切地希望能夠再多知道一些知識和故事甚至傳說。所以他就邀請了好幾位從草原上前來的朋友與我見面。大家已經歡歡喜喜地告訴了我許多我聞所未聞的好材料，有人朗誦了一首詩，還當場幫我譯寫成漢文，有人說起古老的掌故和神話之間的關聯，有人唱完一首歌之後，再向我講述歌詞的大意和時代背景等等等等，我都興奮而又感激地記下了……

　　她就坐在我的正對面，始終安靜地微笑著聆聽這一切。她雖然有了點年紀，髮絲上已有了一層薄薄的霜雪，但姿容端莊，儀態從容，那秀異優雅的天生氣質，讓我這正在興奮狀態裡因而聲量特大的人也被懾服，終於安靜了下來。然後，隔著一張桌面的距離，我們兩人才開始互相凝視，並且微笑。先前朋友已經介紹過了，她是一位退休的行政人員。這時，我心想：「她會有什麼可以告訴我的故事嗎？」

我覺得她好像聽見我心裡的想法了。於是開始說話，依然是很輕，很文靜的聲音：

　　我已經退休很久了。其實我的工作也和馬群沒有什麼關聯。但是，我年輕的時候，也曾經是『青年下鄉』浪潮裡的一分子。剛去到草原上的時候，我什麼也不知道，什麼也不熟悉。要我去放羊，我就去了。

　　當地的組織給了我一匹馬，應該那毛色算是雲青馬吧，當我的坐騎，陪我放羊。

　　牠還真是在「陪」我放羊呢。那時候在草原上，遠離都

市，還真是沒有什麼人來管我，沒有什麼特別的規定或者嚴格的要求。我每天早出晚歸，唯一要做到的事，就是放好那一群羊。開始的時候我還有點害怕，因為不知道要如何照看。等到逐漸進入情況之後，只要羊群聽話，我自己的時間就越來越多了。我會帶一本書在樹底下慢慢地翻看，而那匹雲青馬就在不遠的地方走動，也不離開。

逐漸地，我注意到怎麼好像是牠在替我看管羊群。有那調皮的羊羔子走散了的時候，是牠去把牠們趕回來。那時草原上偶爾還有狼，還不等牠們接近，這匹雲青馬早早聞到牠們的氣

味，就會向我嘶叫示警。只要我站起來發出驅趕的聲響，狼還是怕人的，也就跑了。

慕蓉老師，您要知道，那個時候的我也不過是個十八、九歲的孩子。一個人離開了父母，從老遠老遠的城市來到草原，真可說是舉目無親的孤單啊。雖說有草原上的老額吉（母親）對我很照顧，可是心裡還是很苦悶。幸好有這匹雲青馬的陪伴，牠既像是我的朋友，又像是我的兄長一樣，好像雖是我在放羊，牠的任務卻是要負責照看好這個正在放羊的我。

那一段時間裡，我雖然明白這一切都是很難得的，可是還沒把這些真正當作一回事，只是每天這麼平平順順地過著而已。

後來，大飢荒來了，日子越過越緊。當地的組織說另外有更重要的任務要調動馬匹，就把我的雲青馬要回去了。牠走的時候匆匆忙忙，我連抱牠一下向牠道別的機會都沒有，就這麼

分開了，也是無可奈何吧。

那次的災情持續了很長一段日子，我們非常努力地想盡了所有的辦法讓自己和大伙兒都可以活下來。有時腦子裡會閃過一些念頭，猜測雲青馬現在在什麼地方？可是，坦白說，如此疲累的日子，連想念一匹馬的念頭都是太奢侈的事，還有許多工作要打起精神來面對呢。

沒想到的是，有天晚上，雲青馬竟然跑回來找我了。我還住在原來的地方，聽見牠用前蹄刨地，輕輕地低聲嘶鳴，那麼熟悉的聲音啊！我急著跑出去，真的是牠，是牠回來看我了！

那天晚上有一點月光，讓我能夠看出來牠有點瘦了，不過身體整個狀況好像還可以。牠的眼睛依然有神采，一直向我望過來，是我的雲青馬啊！我心裡疼惜得不得了，就想進屋去拿點東西來餵牠。可是我也知道，今天晚上屋子裡什麼糧食都沒有，就只有一小把剩下來的黑豆。

我急急地跑進屋去拿了那把黑豆出來，走近我的雲青馬，用兩手掌心併攏，托著那一把黑豆，放在牠的唇前，向牠說：

　　「對不起，我只剩下這些了。你把它們都吃了，好嗎？」

　　牠低頭靜靜把我手掌心的黑豆吃了，那柔軟又溫暖的唇和舌，彷彿在接觸我的掌心之時，也把一股暖流送到我的全身。這麼久的時間裡，無論多麼辛苦都沒有流過一滴淚的我，這個時候像觸了電一樣，淚水撲簌簌地止不住的往下落，也不敢出聲，怕驚動了別人。

　　這個時候，雲青馬也不出聲，牠只是把牠的頭偏向我，輕輕靠近我的面龐和脖頸，用一匹馬所能表達的最慎重的愛意，陪著我靜靜地站在一起。

　　那時間也許很長，也許只有片刻，我當時已經無法分辨。因為，最後，牠還是離開我，走了，並且從此沒有再回來。

　　我和牠都知道，我們那時是必須要分開的。所以牠走的時

候並沒有回頭，我也沒跑上去跟著牠再走上一段路。牠能再回來看望我，當時對我已是極大的安慰和幸福，唯一的遺憾是我只有那麼那麼少的一小把黑豆……

慕蓉老師，這麼多年都過去了，我一直很想念牠，一直忘不了牠。忘不了牠在微微的月光下慢慢走遠了的背影，我真想牠。

坐在我對面秀麗的蒙古女子停止了她的敘述，淚珠仍在她的眼角閃耀。我本是無言以對地靜靜凝視著她，但是突然有一句話自己越過了我的一切思維向她說出來了：

「就是因為你對牠的想念，才把牠留在這個世界上，沒有離開。牠一直在你的想念裡活著，就是活著。你看你現在告訴了我們，我們也都覺得牠還是活著的啊！」

這句話不是我想到的。可是，說出來之後，我發現對面的她聽進去了，並且在瞬間向我展現出極為欣慰的笑容。親愛的朋友，你可知道，這句話，在同時也是對我的昭示。原來，我和你一樣，也是在突然間明白了一些什麼……

　　原來，這人世間的悲喜遭逢是由不得我們來選擇的。可是，憑藉著自身那誠摯的愛和想念，卻絕對可以將我們最珍惜的記憶留存。

審慎留存在詩裡、畫裡、歌裡、在你一個人默默的想念裡。無論經過多長久的時間，只要一動念，一回身，昨日便翩然而至，而你的雲青馬在月光下，完好如初，並且永遠不離不變……

　　是的，我是這樣相信的。

普氏野馬

　　早上起來，覺得寒意很重，又有細雨。

　　出發後，見到草原上鋪滿了薄薄的白霜，天空全是灰濛一色的雲層，溫度在攝氏三到四度之間，所有帶來的衣服全穿上了。幸好有一件「北極熊」牌的羽毛衣，不長，但剛好夠遮到腰與腹部，這一路很有用。（聽說這是我們臺灣自製的品牌。）

　　想念昨天那麼多變化的美麗天空。

　　路上有人家在賣馬奶酒，小孟說一定要買，因為後杭愛省的馬奶酒是有名的。

　　只有一段完好的公路，然後又走上了那段可說是柔腸寸斷的兩百公里壞路，剛下過大雨，到處是深深淺淺的水坑，永遠

是一檔二檔的速度，不知道何時才回得了烏蘭巴托？

　　我看小孟太累，所以中間有一段路面比較整齊的地方，我提議和她換個座位，由我來開車，她好休息一下。

　　這樣的駕駛經驗，不比在新疆的玩票式，是真正在替駕駛分擔勞務，要時刻警醒。（去年七月在新疆戈壁灘上，新修的公路又寬又直，朋友放手讓我開到一百四十公里的時速。在戈壁灘上飆車，一開就是好幾百公里的距離，那感覺真是如夢如幻，好不快意！）

　　下午四點，天氣轉晴，我們一車四人的心情也慢慢變好，忽然看到路旁有很大的標示，原來我們已經接近霍斯丹野馬國家公園。

　　小孟問我們要不要拐進去？我們三人都歡聲同意，於是，車子就離開公路，右轉一條小路慢慢進入國家公園的園區了。

　　十幾分鐘之後，開到服務區，服務人員告訴我們，能不

能見到野馬，要看運氣，因為幅員如此廣大的國家公園，只有一百多匹野馬放養在其中，沒有柵欄，完全自由，要到何處去尋找？實在是難以判斷。

好吧，既來之則安之，即使看不見野馬，能見到如此好山好水的國家公園，也算是享受。

車行山徑中，周圍的草色特別柔媚，小孟放慢車速，迂迴前行。前面遠遠有一部中型的旅行車，與我們大概有幾十公尺的距離，由於路的曲折，那車身時隱時現。

四點半的時候，（小孟後來說，大概才開了七公里左右）在一處上坡的地方，前車忽然停住不動，正想催他們快走，忽然明白，恐怕是遇見什麼了。

果然，從車窗那麼小的空隙望出去，坡上再往前方，是一條略微陷落在兩處坡地之間的山谷，長滿了柔細的青草，有一群大大小小的野馬正在悠閒地覓食，靠近我們這一面的坡地

上，開滿了白色和粉紫色的小花。

這畫面令我們難以置信，這運氣可真是好到不行。

野放的馬群就在眼前的山谷裡等著你！

這可不是普通的野馬，而是赫赫有名的草原原生種，最最古老的血統「普氏野馬」哎！

大家都張著嘴傻笑，一點聲音也不敢出，輕手輕腳停了車再下了車，以極慢的動作逐漸向前試探著靠近。

野馬不太畏人（也許牠們可以測量出安全距離），依舊神色自若地低頭吃草。現在數清楚了，一共十三匹，其中有三匹幼駒，長手長腳的，稚氣未脫，喜歡坐在草地上觀看我們。

我們這兩車人，也就是十幾個，其中也有兩三個兒童，什麼國籍都有，從地球的各個地方跑過來，能和普氏野馬家族見上一面，就心滿意足了。

人群與馬群隔著一片開滿了細碎野花的坡地彼此對望，都

假裝不怎麼在意，可是都在心中謹慎地估算著可以前進或是必須撤走的距離，就這樣相處了有二十多分鐘，和平而又靜默。

也許還可以更久一些，但是，人群之中有一個東方男子忍不住了，往前多走了兩三步，馬群開始不安，有幾匹成年的馬就轉換了姿勢，往山谷的另外一方，向著小路以及更寬闊的遠方走去。然後小馬駒也站了起來，跟在母馬的後面，十三匹馬排成一條散漫的行列，緩緩地離開這處谷地，姿態極為從容，並無驚嚇的模樣，讓我們好像也覺得並沒有太冒犯之處。

眼光追隨著牠們慢慢走遠，這時候，又有兩部旅行車開到，年輕的西方女子跳下車來，也是滿臉欣喜的神色，望著馬群的背影趕快拿起相機來拍攝。

坐在草地上，我不能不滿足於此時此刻的收穫，記得四月的時候，在比利時，還與伊素談到關於這種普氏野馬的一些資料，想不到才隔了三個月，竟然就在蒙古高原上親眼見到，真

是幸運。

　　普氏野馬的學名好像是 Equus caballus prjevalski，是唯一真正的野馬，不像有些野馬是被馴養之後再逃脫而成的野馬。牠們是在一八七九年被一位俄國的探險家 N. M. Prjevalski 所發現的。

　　普氏野馬的毛色淺淡，帶些柔黃的色澤，前額寬，鼻梁挺直，這是從很古老的年代一直延續下來的血統，從來不曾被人類馴養過的野馬。（不過，如今為了保護他們，這樣在國家公園的放養，其實也等於是一種範圍較大的圈養了。）

　　想到回去臺灣時，可以打電話給伊素，與她分享我此刻的快樂，她一定會很高興。（現在倒是很後悔，不會用e-mail，否則不是即時即刻的驚喜嗎？）

　　另外一部剛才在我們前方的旅行車已經回去了，新來的兩部車停得稍遠，素英還在更遠的左前方跟拍那些走遠了的馬群，我就在開滿了野花的坡頂坐了下來，不急著離開。

　　如何讓自己能夠深深記住這一個時刻？這一處空間？

　　長滿了柔細青草的山谷，開滿了淺色野花的坡地，還有遠處那長長的山梁，山梁上，已經有腳程比較快的野馬站在天與

地的交接之處，回頭觀看著這一片谷地，那惹人憐愛的小馬駒還跟在母馬身邊往前快步奔走，不敢稍離。這樣的場景，是神話裡的插圖，還是傳說？還是我在夢中曾經見過？

恐怕這是從前的我，就是在夢中也絕對夢想不到的美好時刻吧。

——二〇〇六年七月二十三日，夜間於烏蘭巴托追記

不過，這「美好時刻」僅僅是針對我個人當時的感受而言。如果要述說這「普氏野馬」名字的來由，就要看是從哪一個角度出發。如果我們只能從人類的角度來書寫歷史，恐怕永遠也不能呈現出其中含有的瘋狂、殘忍和眞正的邪惡吧？

　　一八七九年的春天，在新疆準噶爾盆地的大草原上，對尼古拉‧米哈伊洛維奇‧普爾熱瓦爾斯基（一八三九──一八八八）這個俄羅斯的軍官，也是俄國皇家地理學會會員的一生來說，是最幸運最關鍵的時刻。由於他的發現，讓整個西方學術界爲之瘋狂，也讓他得以揚名後世。但是，卻讓剛好奔跑過他身邊的那群蒙古野馬，從原本自由無垠的天堂生活，瞬間墜入了最最悲慘的災劫地獄。

　　只因爲在這些野馬身上還保留著已近失傳的古老基因，這基因源自五千六百萬年前的始祖馬。這個發現經過國際動物學界的權威證實之後。無辜的蒙古野馬從此成爲被無數貪婪的盜

獵者，從西方成群結隊前來，最陰險最卑鄙的獵捕手段下的犧牲者，尤其是剛剛誕生的小馬駒。那樣殘忍的獵捕行動其實等同於獵殺。長時間的持續之後，更等同於滅絕。

是的，那樣珍貴的生命，體內保留了五千六百萬年的古老基因，卻在如今成了禍首，讓原該被人類萬分珍惜的蒙古野馬，僅僅在短短的幾十年之間，就從自己的原鄉大地上完完全全地消失了。

急功近利的世界，將普熱爾瓦爾斯基的掠殺行爲，視之爲「卓越的探險家」，並且還是先驅者，是「中亞大自然的第一個探險家」。

可是，在準噶爾盆地的大草原上，牧民們卻視之爲「對大自然第一個大開殺戒的惡徒」。有些民間傳說裡，對他在最後一次行程剛開始的時候就在途中突然染疾死去的這件事，有的認爲是他自造孽障所結的惡果，也有說是來自那些被他傷害了

的許許多多無辜生靈給他的懲罰……

　　敘述到此，我就暫時停筆吧。

——二〇一九年三月二十日加注

溜圓白駿

　　位於內蒙古鄂爾多斯地區的伊金霍洛，漢文意譯就是「主上的陵園」，是聖祖成吉思可汗的陵寢。古稱八白宮或八白室，如今在漢文裡常常簡稱為「成陵」。

　　雖說是陵寢，卻只是一座衣冠塚。可汗真正的長眠之地是在如今蒙古國肯特省境內，古稱不峏罕・合勒敦諸山中的三河發源之處。但是，鄂爾多斯的成陵雖只是衣冠塚，卻因為是從當年可汗駕崩之後就由拖雷皇子創始，在鄂爾多斯設置的作為「普天供奉」祭祀成吉思可汗的祭奠場所，因此，七百多年來，靈前的聖燈不熄，聖火不滅，長久以來都是蒙古民族子孫後代心靈深處最為莊嚴和親切的依歸了。

祭典儀式繁多，都由世代傳承的達爾扈特（漢文意譯爲「神聖的人」）來主持。有日祭、月祭以及四季大祭等等。

我從一九九〇年第一次拜謁之後，也去了好幾次，但總是因爲旅程日期的限制，多半只能匆匆停留。直到二〇一〇年八月中旬，才能獨自在成陵附近停留了四天。沒有任何計畫，只是每天七點從旅館出門，進到成陵，等待聆聽達爾扈特誦唸〈伊金桑〉之後，就退出大殿，出門去開始自己一人的步行漫遊，到了下午，再回來聽傍晚的〈伊金桑〉誦唸。

就在那幾天裡，我在成陵的草場上與疏林之間，遇見了許多匹白馬，心想這應該就是「溜圓白駿」了吧？不過，當時有人告訴我，除了少數幾匹之外，其他應該都算是神馬的從屬群。

神馬的蒙古名稱，在漢文中的音譯是「溫都根查干」，意譯則是「溜圓白駿」，是說牠的毛色和體型是像雞蛋外形一樣

圓溜又潔白的馬。

　　游牧文化的先民，自古以來就有把自己心愛的駿馬獻給天神的傳統，這匹馬自此以後自由生長，任何人也不能騎乘、役使、打罵，從不上馬鞍。

　　溜圓白駿就是成吉思可汗生前供奉的神馬。在成陵有專人照看放養，平日也是自由自在地過日子，要到了大祭之時，才出來執行牠的尊貴的任務。

　　據說：相馬者必須從牠身體、鬃毛、尾部的毛色判斷，確保以後不長雜毛。雙耳要對稱，眼睛要發亮有神，每個關節都要顯得圓潤，不能有傷痕，因此，基本上神馬一定是匹非常健康的馬。

　　鄂爾多斯附近，甚或遠地的牧民，如果家中出現這樣一匹出類拔萃的白馬，常常就會送到成陵來，由主管祭典的達爾扈特嚴加審查。如果合格，就會留在成陵。對養育這匹白馬的牧

民來說，是天大的喜訊，家中的馬兒成了可汗陵園裡的溫都根查干的一員，是多麼美好的福報啊！

二〇一六年四月，我有幸受邀前往成陵，可以就近觀看春季大祭白蘇魯克祭典（也稱「馬祭」或「馬奶祭」）。整整跟隨了長達八天的祭典進行日程。

更幸運的是，在這次祭典中，遇見了兩匹神馬。

白蘇魯克祭典的最主要的日子在陰曆的三月廿一日。《寶貝念珠》古書上說：「三月十八日到夏營地，二十一日執縛九十九匹白騍馬，舉行白色裸祭禮的日子。」這裡的「裸祭」是指用九十九匹白騍馬的馬奶來祭天。

但是，三月廿一日之前還有好幾天的「準備」和「迎接」等等的儀式。

二〇一六年的四月廿四日是陰曆的三月十八日，正是要準備迎接八白宮的「格樂呼祭祀」舉行的日子。清晨即起，跟

隨著整個祭典進行的節奏，我認眞觀看，也虔誠敬拜，內心有一種渾然又安然的滿足感。原來在聖祖靈前，在源遠流長的高原故土之上，我雖是第一次前來參加祭典，但卻並不陌生。因爲，在臺灣，在我成長的過程裡，每年到了陰曆的三月廿一日這天，所有在臺灣的蒙古家庭扶老攜幼，從臺灣各地來到臺北，參加一年一度的「聖祖成吉思汗大祭」，我們家也是祖孫三代都會出席。祭典的儀式當然比較簡單，但是，六十多年如一日，那心裡的敬畏與孺慕從來沒有改變。

　　這天，迎接的「格樂呼祭祀」結束之後，心懷愉悅又感激地步出大殿，就看到在我左邊是溜圓白駿已在接受眾人的供奉，在我右邊是可汗的兩匹駿馬也神采煥然地站在爲牠們設立的供桌之前了。三匹駿馬站在相對的方向，背景從我這個方向看過去是大殿前的廣場，襯著更遠處的藍天白雲，沒有比這再好的時刻了。

三匹馬都有達爾扈特在側，輕輕地牽著韁繩，但是再細看卻還是有分別的。可汗的兩匹駿馬是他生前的座騎，因此鞍轡齊全。但是另外一邊的溜圓白駿是可汗生前供奉的神馬，所以除了一副簡單又好看的籠頭爲了此時便於牽引之外，身上是沒有馬鞍的。

　　神馬由一位達爾扈特牽著，站立在長方形的白毛毯之上，身前的矮供桌也是長方形的，上面已經擺好了供品，還有青色的哈達。在這些物件之後，供桌上還擺著一個長方形豎立的玻璃燈罩，裡面有一盞點燃著的聖燈。

　　朋友告訴我，這匹溜圓白駿是三歲馬（實齡兩歲），應該是第一次負起成爲神馬後的任務。牠還年輕，卻很安靜地站在牠的位置上，不受任何旁邊的人群驚動，隱隱然有大將之風，牠全身的毛色果眞是光彩燦然啊！

　　殿前廣場上的人群逐漸增多，不斷有虔誠的民眾扶老攜

幼前來向神馬膜拜致敬，也有人靠近鞠躬，希望能得到神馬的「摩頂」祝福，（摩頂也稱「灌頂」，都是信仰裡賜福之意）。

但是，不管有沒有受到特別的賜福，每個向神馬鞠躬致敬的人，在抬起頭來的時候，都是帶著歡欣的笑容。

原來，誠摯的信仰跟隨著古老的祭奠儀式可以激勵人心，獲得那種難以言說的喜悅和滿足感。

那天，朋友告訴我，有匹已經三十歲了的前任神馬，就在大殿前廣場的左側漫步呢，要不要去看看？我當然跟著他過去了。

這匹神馬的體型比那位三歲的神馬大多了，毛色依然全白，眼睛也黑亮。只是因為年紀大了，全身的毛髮包括鬃毛和尾巴都有點卷曲，因而顯得比較凌亂。牠並不理會我們，意態從容地在樹蔭下踱步，有一位年輕的攝影者在牠低頭吃草時就

跪在牠前方跟拍，神馬也不以為意。我也趕快把相機拿出來跟拍，老年的神馬也還是好看，特別穩重，身體輪廓的線條有一種壯碩的美感。

當時的我並不知道這匹神馬的身分特殊，是後來讀到劉兆和先生主編的《蒙古民族文物圖典》套書中那一冊《蒙古民族鞍馬文化》（此冊由賀其葉勒圖、哈斯其木格二位學者編著）第264頁記載了牠的傳奇身世，我摘抄在此：

為了現在的這匹神馬，二十年前，守護成吉思汗陵的達爾扈特人找遍了鄂爾多斯全盟七旗，在盛產名馬的烏審旗，看到一匹一身雪白、四蹄純黑、眼睛又黑又亮的兒馬。兒馬看到來訪的達爾扈特，又刨前蹄又嘶鳴。達爾扈特上前拜見馬的主人朝倫巴特爾，問詢馬的情況。主人說，這匹馬是一九八六年陰曆三月二十一日出生，恰好這一天是祭祀成吉思汗的日子，馬誕生時門前的湖面上升起一道彩虹。所以，馬的主人覺得這是

蒼天賜給他的禮物。達爾扈特認定那匹兒馬的小馬駒就是轉世白神馬的化身。兩年之後，達爾扈特把轉世白神馬帶回成吉思汗陵。對馬的主人和附近的的牧民來說，轉世白神馬能降生在這裡是他們的榮耀和驕傲。每年的成吉思汗大祭祀，朝倫巴特爾和他的老伴都要到成吉思汗陵看望他們的轉世白神馬。不能親自去參加祭祀的鄉親們委託他們帶上自己的敬獻給聖主成吉思汗的供品和對轉世白馬深深的敬意。

我是在今年（二〇一八）年初才讀到這段文字，然後才醒悟，我在二〇一六年四月間遇到的，應該就是書上所載的這位神馬了。一九八六年出生的小馬駒，我能有幸在二〇一六年與牠相見，就在牠生日（陰曆三月廿一日）的前幾天，那麼，牠虛歲應該是卅一歲了吧？

多麼難得的緣分，我不但遇見了牠，還由衷地在跟拍的時

候對牠滋生了敬意。之後，我們還同行了一段短短的路程，我向牠敬禮道別之時，被朋友從旁拍到這個瞬間，相片上，牠的眼神還是很明亮。

此刻，已是二○一八年的年底了，在這篇記述文字的最後，我想表達的是：能夠回到原鄉，能夠遇見這麼多美好的事物，這麼多難以想像的神奇時刻，即使我無法理解其中的奧妙，我都願意相信，願意深深地相信。

一如上面那本書中所言：

一匹馬就這樣在草原上生活了七百多年，也許是對祖先的敬仰，對傳統的繼承，對信仰的堅持，轉世神馬並沒有隨著時間的流逝而消失。所以到今天，我們還可以通過轉世神馬看到蒙古族鮮活的歷史，聽到大草原上流傳下來的與神馬相關的傳奇故事。

後記——如此厚賜

在二〇〇五年四月十一日的日記裡，曾記下和齊邦媛老師的一段對話：

今天近中午時分，和齊老師通了一次電話，老師剛好在臺北家中，談興很高。這之間她引用了一句英詩，大意是：「現在的我，只想在路邊坐下，細細地回想我的一生。」

齊老師當時曾說了詩人的名字，但我沒記住。只是非常喜歡這句詩，就在晚上寫日記的時候，把這種感覺記下來。原來，一句詩，可以如此具象地呈現了創作源頭的那種渴望。

原來，從很幼小的時候開始，我就是自己的旁觀者。遇

見不捨得忘記的時刻，就會叮嚀再三：「不要忘記，不要忘記！」於是，在成長的過程中，就常常喜歡在路邊或者桌前坐下，以畫面與文字，來細細回想剛才經過的一切……但是，怎麼會那麼剛好？在我生命中最重要的那個關鍵時刻裡，前前後後，圓神出版社竟然幫我出版了四本書，作為最精確的見證。

一九八八年三月出版的《在那遙遠的地方》，是住在香港的攝影家林東生經由曉風的介紹，自告奮勇在一九八七年夏季，以四十天的時間去內蒙古為我尋找並拍攝我父親故鄉附近的景象，再加上我曾經寫下的與自己鄉愁有關的散文，合成一冊，由圓神出版。

那時的我，並沒有察覺到周遭也在變化。是的，僅僅是一年多的時間之後，自出生到四十多歲都被隔絕在外的我，這個遠離原鄉的蒙古女子，竟然可以親自前去探訪了！

一九八九年八月底，我站在父親的草原上，是整整前半生

總是遙不可及的大地啊！如今卻就在我的眼前，我的腳下，等著我，等著我開始一步一步地走過去⋯⋯

雖然只有十幾天的行程，只去探看了父親的草原和母親的河。但是，那奔湧前來的強烈觸動如眼前的草原一樣無邊無際，如身旁的河流一樣不肯止息。於是，一九九○年七月，《我的家在高原上》出版了。除了我的文字之外，還有同行好友王行恭爲我拍攝的更多的極爲難得的現場畫面，並且還由他擔任美術編輯的工作。

怎麼會那麼剛好？這封面一綠一紅的兩本書，《在那遙遠的地方》和《我的家在高原上》見證的，是在短短一年多的時間裡，因爲世事的突變，身爲當局者的我所生發的百感交集⋯⋯而也由於這兩本書，我終於可以得到了臺灣朋友的同情，以及，蒙古高原上的族人的接納。這樣的情節如果寫在小說裡，讀者一定會認爲太過牽強。可是，在眞實的世界裡一切

就是如此，有書爲證，感謝圓神。

　　現在再來說另外兩本書，《信物》與《胡馬依北風》吧。

　　《信物》一書，出版於一九八九年一月，其實還早於我的還鄉，是在圓神出版的第二本書。

　　我想，從一九八八年第一本《在那遙遠的地方》合作開始，簡志忠和我這個作者之間，就有了一種「默契」。是的，在這裡，出版者和作者都還保有一些比較天眞的願望。我們兩人都經歷過困苦的童年和少年時期，許多累積著的對「美」的想望，總是在被壓制或者被勸誡的狀態下，難以成形。

　　可是，生命本身有些質素卻極爲頑強，一有可能，它們就萌發、成長。這本《信物》，或許就是出版者和作者共同的心願，以表達出自身長久以來對單純的「美」的想望吧。

　　這本《信物》，在當時的臺灣可以說是少見又有些奢侈的新書。精裝本全球限量兩百五十冊，由作者親自編號、簽名，

並且還附贈一張以版畫方式精印的藏書票。

　　書的主題是蓮荷。文字只有一篇六千多字的散文，敘述我多年以來傾心於描寫蓮荷這種植物的起因，以及，種種與此有關的學習和創作過程的心情。貫穿全書的則是我在前一年（一九八八年）夏天，剛好獨自一人遠赴峇里島上的小鎮烏布，在當地的荷池旁，以兩個星期的時間寫生而成的素描，大大小小共有二十多張。是清晨速寫回來之後，整個下午，再在旅舍房間的露臺上，重新以針筆和水彩筆構成的單色素描。

　　以下是書中的一段文字：

　　……住在我對面，隔著一大叢花樹，有時候只聽其聲不見其人的是一對德國夫婦，大概注意我很久了。終於有一天，在院子裡互道了日安和交換了天氣出奇的好之類的寒喧之後，金髮嬌小的妻子忍不住問我，是不是在寫小說？

　　我笑著否認了，並且邀她到我屋前的平臺上來，給她看我

的速寫和素描，告訴她說，我是來這裡畫荷花的。

她轉過身來興奮地向她的丈夫說：「你聽過這樣的事嗎？一個人跑到這麼遠的島上來只是為了畫一朵荷花？」

她這句話說出來之後，我好像才忽然間從別人的眼睛裡看到我自己，原來是這樣的荒謬而又奢侈——

整整一個夏天，只為了畫一朵荷。

可是，整個事情，果真是像它表面所顯示的那樣嗎？我回來了之後，一直在想這個問題。

荒謬的意思就是不合理，奢侈的意思就是浪費。可是，要怎樣的生活方式才能是合理而又不浪費的呢？

我們的生命，我們每一個人的生命，不都是一件奢侈品嗎？

要怎樣用它，才能算是不浪費呢？

這些是一九八八年深秋之後，寫在《信物》裡的一段文字。其實，前幾個月在峇里島上速寫蓮荷之時，並沒預想到這些畫作會單獨成爲一冊精裝限量版本的主題。而等到一九八九年一月書成之時，和朋友們歡喜慶祝的時候，也完全不能預知，還有更歡喜和更奢侈的道路就在不遠的前方。

　　是的，僅僅只在《信物》書成的幾個月之後，我就從前半生這小小安靜的世界裡突然跨入蒙古高原那時空浩瀚的故土之上了。

　　三十年的時間就在行走和追索探問之間慢慢地過去……

　　今天，正在爲《胡馬依北風》這本新書寫後記的我，身在二十一世紀第二十年的盛夏，端午剛過兩天。前幾日才知道簡志忠還是堅持要再出版一本限量版的精裝新書，以紀念和慶賀我們合作三十年的美好時光。

眞的啊！怎麼可能一合作就是歡歡喜喜的三十年了呢？

這一次，新書所有稿件都已齊備，只差我筆下這篇後記。

新書的主要內容是五篇散文中的幾匹蒙古馬，再加上幾幅我畫的與原鄉有關的畫作，還有我的幾張攝影作爲記錄，書名是《胡馬依北風》。

感謝圓神，怎麼會那樣剛好？前面有兩本相距只有兩年時間的書，爲我留下歸返原鄉之前《在那遙遠的地方》的萬般惆悵，和《我的家在高原上》初見原鄉時的狂喜和憂傷，甚至還有憤怒⋯⋯

那曾經坐在路邊細細回想的一切，圓神都讓它成書，成爲生命的見證。

而今天，兩本相隔超過三十年的《信物》與《胡馬依北風》所要見證的，卻幾乎是比三十年更爲加倍長久的時光裡，我在稱爲「創作」這條長路上的變與不變了。

在《信物》中以二十多年的痴心去描摹的蓮荷，可以在之後的一夕之間棄而不顧，這變動從表面上看來不可說不大。

　　而在三十年後的《胡馬依北風》裡，除了描摹和敘述的對象改變了以外，而在我四周，那無論是時間上的深遠和空間裡的巨大都是無可否認的改變。

　　但是，我可不可以這樣說？是生命在激發這些變化，我創作的本質卻依然沒有絲毫改變。

　　我可以這樣說嗎？在這條創作的長路上，自己一直是個心懷感激的寫生者，以親身的感受和行走作為基礎。是的，是生命在激發我，而我只是怎樣也不捨得忘記……如此而已。

　　三十多年來出版的書目，會放在這本新書的後頁。而三十年裡，能有這樣的四本書作為創作初心的見證，是簡志忠，以及所有工作伙伴給我的厚賜。

在圓神的美編團隊裡，早先是和正弦合作，這幾年則是和鳳剛一起工作。兩人的風格不同，卻都是才情充沛的年輕人，有好幾本詩集的封面都各有特色。我尤其喜歡散文集《寧靜的巨大》封面的感覺。在工作中，他們好像也能寬諒我的猶疑不決，知道我正在一個新的世紀裡努力去學習和適應呢。

　　最知道我的這種掙扎的是近幾年的主編靜怡。在電話裡，她的聲音總是平和舒緩。可是，在討論的時候，她卻常常會激發出我對創作的熱情而快樂起來，很溫暖的感覺，好像剛才曾經面對的困難已經不再是困難了。

　　想一想，在這超過三十年的時光裡，無論是畫一朵荷或者敘述幾匹馬，整個出版社都來給你護持和加持，卻從來沒給你任何壓力，總是任由你安靜而又緩慢地繼續寫下去，這是多麼難得的情誼啊！

　　如此厚賜，我深深感激。

附錄—出版書目

·詩集

·詩選

附注：

《三弦》與張曉風、愛亞合著。《同心集》與劉海北合著。
《在那遙遠的地方》攝影林東生。
《我的家在高原上》攝影王行恭。《水與石的對話》與蔣勳合著，攝影安世中。
《走馬》攝影與白龍合作。
《諾恩吉雅》攝影與白龍、護和、東哈達、孟和那順合作。
《我的家在高原上》新版攝影與林東生、王行恭、白龍、護和、毛傳凱合作。

鄉愁　油畫　130.3×97.0 cm　1974

剎那時光　油畫　116.7×80.3 cm　1987

山中的午後　油畫　116.7×80.3 cm　1987

月色　油畫　72.7×60.6 cm　1985

地平線　油畫　130.3×80.3 cm　1990

高原白馬　油畫　90.9×60.6 cm　1993

月光下的白馬　油畫　72.7×60.6 cm　1993

月光下的速寫　壓克力・畫布　72.5×60.5 cm　2002

夢中夢　油畫　162.0×120.0 cm　2012

荵荵草　油畫　130.0×97.0 cm　2012

曠野　油畫　356.0×130.3 cm　2012

困境　油畫　97.0×130.0 cm　2012

國家圖書館出版品預行編目資料

胡馬依北風／席慕蓉著 -- 初版 -- 臺北市：圓神，
2020.12
　　120 面；17×23公分 --（圓神文叢；286）

　　　　ISBN 978-986-133-733-3（平裝）

863.55　　　　　　　　　　　　　　109015248

www.booklife.com.tw　　reader@mail.eurasian.com.tw

 286

胡馬依北風

作　　　者／席慕蓉
發 行 人／簡志忠
出 版 者／圓神出版社有限公司
地　　　址／臺北市南京東路四段50號6樓之1
電　　　話／（02）2579-6600・2579-8800・2570-3939
傳　　　真／（02）2579-0338・2577-3220・2570-3636
總 編 輯／陳秋月
主　　　編／賴真真
責任編輯／吳靜怡
校　　　對／席慕蓉・吳靜怡
美術編輯／劉鳳剛
行銷企畫／詹怡慧・陳禹伶
印務統籌／劉鳳剛・高榮祥
監　　　印／高榮祥
排　　　版／杜易蓉
經 銷 商／叩應股份有限公司
郵撥帳號／18707239
法律顧問／圓神出版事業機構法律顧問　蕭雄淋律師
印　　　刷／國碩印前科技股份有限公司
2020 年 12 月

定價370元　　　　　　　　ISBN 978-986-133-733-3